Patina: Start & Pause Copyright © 2011 by Knaur Taschenbuch
Ein Unternehmen der
Droemerschen Verlagsanstalt Th. Knaur Nachf. GmbH&Co. KG, München.
Das Werk darf – auch teilweise –
nur mit der Genehmigung des Verlags wiedergegeben werden.
Originalausgabe Copyright © 2011 by New Ground Publishing GmbH,
Brunnenstrasse 152, 10115 Berlin – www.ngpub.com
Illustration & Text: Nana Kyere
Redaktion: Anne Delseit
Satz und Reproduktion: Martina Peters
Alle Rechte vorbehalten.
Umschlaglayout: ZERO Werbeagentur, München
Druck und Bindung: CPI – Clausen & Bosse, Leck

Printed in Germany
ISBN 978-3-426-53008-5
5 4 3 2 1

Bitte besuchen Sie uns auch im Internet unter der Adresse:
www.knaur.de und www.comicstars.de

Level 01: Spielstart

Was ist passiert?

Ganz schön komischer Traum.

Wach auf!

Ich dachte ...

... ein Blitz hätte mich getroffen?

Hm?

Blinzel

Level 02 – Herrscher

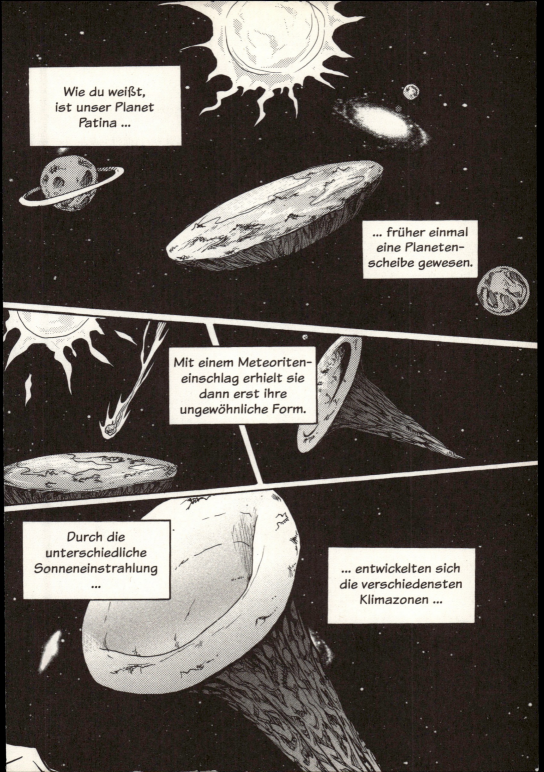

Level 03 – Bodyguard

*Health Points – Gesundheitspunkte

Level 04: Schmerzen

Level 05: Vertrauen

Beelzebub ...

Dir vertrauen ...

So dumm bin ich nicht.

zzZZ
zzZZ

Level 06: Verschnaufpause

Hallo, lieber Leser!

Ich gehe mal davon aus, dass Du, wenn Du das hier ansiehst auch den Band gelesen und im besten Fall sogar gekauft hast. Danke dafür! ^-^
Ich bin so froh, dass ich fertig geworden bin und jetzt endlich mal auf das ganze Projekt schauen kann. Das Ganze war schon ein starkes Stück Arbeit und gelegentlich stand ich am Rande des Wahnsinns, hatte Augenringe bis zum Kinn und Ganzkörperschmerzen von den Nächten am Schreibtisch oder Computer. An dieser Stelle auch nochmal ein Dankeschön an meine tolle, geduldige Redakteurin Anne und an alle, die Verständnis mit mir hatten, wenn ich Comic-bedingt keine Zeit für andere Sachen hatte. Wenn ich mir die Seiten jetzt so ansehe, denke ich mir zwar, dass ich einiges mit mehr Zeit besser hingekriegt hätte, aber ich habe bei der Arbeit trotzdem einiges dazugelernt.

Wie man ja sicherlich an vielen Stellen merkt, ist Patina eigentlich als Epos angelegt. Leider konnte ich in diesem Band nur einen kleinen Einblick in die ganze Welt und in Teas Abenteuer bieten. Viele sehr wichtige Charaktere und Szenen kamen noch gar nicht vor, und Tea und Rho konnte ich auch nur oberflächlich beschreiben. Ich glaube, die beiden kommen einem wie das größte Idiotenpaar vor, dabei haben sie sogar echt was drauf ... Aber vielleicht bietet sich mir nochmal die Gelegenheit, das alles zu vertiefen. Ich hoffe es jedenfalls, denn das Grundgerüst und die Figuren dieser Geschichte gibt es jetzt schon einige Jahre. Mal sehen, was die Zukunft so bringt. Ich hoffe, ihr hattet trotzdem Spaß bei dieser Art »Prolog« und seht über viele Fehler, die sich eingeschlichen haben, gnädig hinweg. Z.B. merkwürdige Anatomie oder sich verändernde Outfits. In meinem nächsten Manga werden alle Figuren weiße T-Shirts und blonde Topfschnitte tragen. Da vergesse ich wenigstens keine Details, haha! :D
Meine momentane Stimmung ist übrigens eine Mischung aus einem befreiten Gefühl, endlich fertig zu sein, und dem Wunsch weiter zu zeichnen, weil ich grade ins flüssige Zeichnen reingekommen bin. Wenn ihr mögt, könnt ihr aber gerne die Augen nach neuen Projekten von mir offen halten. :)

Ich bin sehr aufgeregt und gespannt, wie mein Erstlingswerk so ankommt. Über Meinungen, Kritik oder Fragen würde ich mich sehr freuen.
(mail to: nanayaa@gmx.de)

Nana

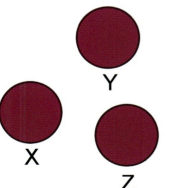

Nana »Yaa« Kyere, Jahrgang 1991, wohnt in Neuss und studiert zurzeit Kommunikationsdesign in Düsseldorf.
2008 gewann sie mit ihrer Kurzgeschichte »Batterie« die 7. Ausgabe des Kölner Nachwuchswettbewerbs »MangaMagie«.
Nach einem Beitrag in der Anthologie »Kappa Maki Band 2« ist »Patina« ihr Einzelbanddebüt.

http://princethursday.deviantart.com/

start / pause

select

Erscheinungstermin: 07.06.2011

In sechs Graphic short stories begeben sich sechs verschiedene Zeichner in die dunklen Geheimnisse der Großstadt. Die verschiedenen Stile und die ganz unterschiedlichen Wahrnehmungen führen den Leser in Text und vor allem Bild in tiefe Abgründe und unerwartete Höhen. Es handelt sich hier nicht nur um physisch Greifbares, sondern auch um einen Blick in die Psyche der Großstadt. Phantastische Begegnungen, gewöhnlicher Alltag und ein Hauch Ungewissheit umgeben diese Geschichten. Spannung und Erleichterung gehen ineinander über.

Großstadttaugen
von David Füleki, Stella Brandner, Carolin Reich, Carla Miller, Helen Aerni, Petra Popescu
ISBN: 978-3-426-53011-5
192 Seiten
€ (D) 6,99

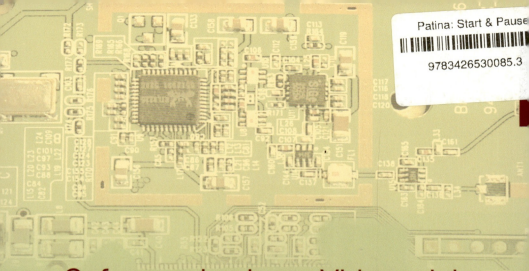

Gefangen in einem Videospiel

Ein Blitzschlag befördert die selbstbewusste, vorlaute Tabea, genannt Tea, in die abenteuerliche Welt des Computerspiels *Patina*. Dort zählen alle darauf, dass sie um das Erbe des Throns kämpfen wird – doch der Weg dorthin birgt viele Gefahren. Gemeinsam mit dem draufgängerischen Teufelsmenschen Rho bricht Tea zu einer unglaublichen Reise in die Hauptstadt Patinas auf, während ihre Freundin Rebecca in der realen Welt einen Weg sucht, Tea zurückzuholen.